Sabine Both · Hortense Ullrich ·
Irene Zimmermann

Engel, Bengel, Weihnachtsliebe

Thienemann

Hortense Ullrich

Der Glückskeks

»Hey, warum bestellen wir nicht Familien-Gück?!«

»Familien-Was?«

»Gück.«

»Gück?«

»Ja«, nickte Flippi eifrig und deutete auf die Speisekarte des China-Restaurants. »Hier steht's: ›Familien-Gück – für vier Personen. Mit knuspriger Pekingente.‹«

Ich schaute kurz auf die Karte, die meine kleine nervige Schwester Flippi in der Hand hielt, und stöhnte: »*Glück* soll das heißen, du Torfnase! Die haben sich verschrieben.«

»Ach«, machte Flippi gespielt erstaunt. »Sag nur! Gut, dass wir dich haben. Da haben wir ja echt Gück.« Sie beugte sich wieder über die Karte und studierte einen darinliegenden Zettel. »Frohliche Wiehnachten«, buchstabierte sie gespielt mühsam. »Hach, ich wünschte, das könnte mir jemand übersetzen.«

»Mam, wann geben wir sie endlich zur Adoption frei?«, beschwerte ich mich bei meiner Mutter.

»Nicht so kurz vor Weihnachten«, murmelte die abwesend und las weiter in der Karte.

»Vor Wiehnachten«, korrigierte Flippi und streckte mir die Zunge raus.

Ich trat unter dem Tisch nach ihr.

»Autsch«, rief Oskar und verzog das Gesicht.

»'tschuldige, ich wollte Flippi treffen«, meinte ich sofort und klopfte Oskar auf den Arm. »Tut's sehr weh?«

Oskar verkniff sich den Schmerz und versuchte ein Lächeln. »Geht schon, kann ja mal passieren.«

»Hey, interessiert sich eigentlich niemand dafür, dass meine ältere Schwester gerade einen Anschlag auf mein Leben unternommen hat!?«, empörte sich Flippi. »Mami!«

»Also, jetzt reicht's.« Meine Mutter sah auf und schaute uns streng an. »Ihr gebt jetzt endlich Ruhe.«

»Okay, wie wäre es mit Bestellen«, sprang Oskar schnell dazwischen und winkte hektisch dem Kellner.

Der Kellner kam.

»Einmal Familien-Gück, bitte«, verlangte Oskar strahlend.

Meine Mutter verdrehte die Augen und wandte sich freundlich an den Kellner. »*Glück* meint er. Was ist denn da außer der Ente noch alles dabei?«

«Ja, alles«, nickte der Kellner freundlich.

Sie nickte mit ihm und versuchte weitere Informationen aus ihm herauszulocken. »Alles?«

»Ja«, nickte der Kellner.

Da sie ihn weiterhin fragend anschaute, sagte er freundlich: »Ganze Familie glücklich, weil alles dabei.«

»Was ist denn *alles*?« fragte meine Mutter nun schon weniger geduldig.

Der Kellner nickte. »Ja, alles.«

Sie machte einen neuen Versuch, sie wollte ihm helfen: »Also: Ente?«

«Ja, Ente«, nickte der Kellner freundlich.

»Schwein?«

»Ja, Schwein.«

Ihre Stimme wurde spitzer, aber sie fuhr tapfer fort: »Rind?«

»Ja.«

»Shrimps?«

»Ja.«

Sie war genervt.

»Schuhsohlen?«

»Ja. Äh ... nein, glaube nicht, aber wenn Sie wollen ...«

Sie winkte ab. »Schon gut«, brummte sie und gab auf.

Oskar lächelte den Kellner an. »Wir nehmen das Familien-Glück.«

Der Kellner nickte und zog davon.

Flippi schaute Oskar erwartungsvoll an. »Alles, was eine Familie glücklich macht …«

»Und?«, fragte der.

»Fällt dir beim Stichwort ›Hund‹ etwas ein?!«

Oskar seufzte.

»Oskar!«, sagte Flippi streng.

»Jetzt?«

Flippi nickte eifrig.

»Ähm«, begann er und schaute meine Mutter an.

Flippi warf mir einen auffordernden Blick zu. »Los, komm, wir gehen mal ein bisschen spazieren.«

«Was denn? Hier im Restaurant?«, fragte ich verwundert.

»Kommt gar nicht infrage«, schaltete sich meine Mutter panisch ein.

»Wir gucken uns bloß die Fische im Aquarium an«, teilte Flippi ihr mit und stand auf.

»Aber nur von Weitem. Die Fische bleiben, wo sie sind, sie werden nicht gefüttert, nicht dressiert und auch sonst bleiben sie in dem Zustand, in dem sie jetzt sind«, gab meine Mutter hastig Anweisungen.

»In meinem Alter guck ich mir keine Fische mehr an!«, sagte ich entschieden.

Flippi schaute mich böse an. »Dann holen wir ein paar Glückskekse! Los, komm schon!«

»Was ist? Meinst du, du verläufst dich auf dem Weg dahin? Ich lauf doch nicht mit dir durch das Lokal hier. Schlimm genug, mit dir an einem Tisch zu sitzen.«

»Ja, das kenn ich. Und jetzt komm.« Flippi nahm meinen Ärmel und zog mich energisch hoch. Dabei erwischte sie jedoch gleich noch die Tischdecke mit. Der Jasmintee schwappte aus den Tassen und breitete sich langsam auf der Decke aus.

»Grobmotoriker!«, schimpfte ich.

»Das war ich nicht, das warst du«, stellte Flippi in einem Ton fest, der keine Widerrede duldete.

Meine Mutter tupfte mit ihrer Serviette wortlos die Überschwemmung auf.

»Was soll das?«, zischte ich Flippi an.

Flippi senkte die Stimme. »Es geht um den Ha – U – En – De«, buchstabierte sie.

»Worum?«, fragte ich verwirrt.

Flippi verdrehte kurz die Augen, hob theatralisch die Arme gen Himmel und schaute mich dann vielsagend an.

Ach, richtig. Flippi versuchte schon seit geraumer Zeit, einen

Hund als Haustier durchzusetzen. Und natürlich hatte sie Oskar auf ihre Seite genötigt. Wahrscheinlich dachte sie, das wäre jetzt eine gute Gelegenheit für ihn, meine Mutter umzustimmen.

Mir war das egal.

»Und warum sollte mich das interessieren?«, fragte ich daher.

»Weil es sicher etwas gibt, von dem du nicht willst, dass es Mam erfährt?«, flüsterte Flippi mir verschwörerisch grinsend zu.

»Was?«

»Entscheide selbst«, meinte Flippi und verschränkte die Arme vor der Brust.

Bei Flippi weiß man nie, ob sie

blufft oder wirklich etwas in der Hand hat. Ich war mir zwar gerade keiner aktuellen Schuld bewusst, aber wer kann so was schon genau wissen?

Sicherheitshalber verließ ich mit Flippi den Tisch. Allerdings nicht ohne dabei aus Versehen noch den Rest Jasmintee aus der Tasse auf den Tisch zu befördern.

Wir bezogen Stellung hinter dem Aquarium. Flippi fing gleich an mit den Fischen in Kontakt zu treten, während ich feststellte, dass die Sicht auf und vor allem auch die Tonqualität an unserem Tisch wesentlich interessanter war.

Meine Mutter musterte Oskar

argwöhnisch. »Warum gehen die zwei?«

Oskar atmete tief ein und druckste etwas herum. »Flippi hat mich bekniet, doch noch mal mit dir zu reden.«

»Ach, darum geht's!« rief sie. Dann schüttelte sie energisch den Kopf. »Oh nein! Kommt überhaupt nicht infrage!«

»Ach, komm, sei doch nicht so voreingenommen. Du hättest auch Spaß an einem Hund.«

»Klar«, schnaubte sie. »Total viel Spaß: Ich kann ihn füttern, mit ihm Gassi gehen, ihn zum Tierarzt bringen und bis er stubenrein ist, wische ich mit dem

Putzlappen hinter ihm her. Nein danke! Ein Hund als Weihnachtsgeschenk? Kommt gar nicht infrage.«

«Flippi hat versprochen, dass sie sich um ihn kümmert!«, schmeichelte er.

»Ach was! Und das glaubst du ihr?!« Sie schüttelte tadelnd den Kopf.

»Na ja«, meinte Oskar und dachte nach. »Erinnerst du dich noch an Paul? Das war doch so eine Art Haustier. Und Flippi hat sich wirklich gut um ihn gekümmert.«

Sie sah ihn völlig verblüfft an. »Das meinst du aber jetzt nicht ernst, oder? Paul war ein unsichtbares Känguru aus der Nachbarschaft.« Sie überlegte kurz. »Oder war es ein australisches Austausch-Känguru? Ach nein, das war Nicola, Jojos französischer Austauschschüler, und der war echt. Also, wie auch immer, Flippi hat sich Paul nur eingebildet. Sich um ein eingebildetes Haustier zu kümmern, ist einfach. Wir reden hier aber von einem echten Hund. Oder sollen wir uns den Hund alle nur einbilden?« Sie überlegte wieder. »Das könnte vielleicht gehen.«

Oskar seufzte.

»Und wie läuft's?« Flippi stand plötzlich neben mir.

Ich zuckte die Schultern.

»Ich schau mal nach.« Sie sah zu dem Aquarium und schüttelte missbilligend den Kopf. »Mit diesen Fischen ist nicht viel los. Die können gar nichts.« Dann machte sie sich auf den Weg zur Theke, schnappte sich zwei Glückskekse, ging zum Tisch, legte die Glückskekse ab und sah Oskar fragend an.

Oskar schüttelte den Kopf. »Zu früh«, raunte er ihr zu und winkte sie weg.

Sie nickte verschwörerisch und verschwand schnell wieder.

Meine Mutter nahm einen Keks, packte ihn aus, zerbrach ihn, zog den Zettel, der im Keks verborgen war, raus, räusperte sich und las laut vor: *»Ihr nächster Wunsch wird in Erfüllung gehen.«*

Sie verzog das Gesicht. »Na klar.«

»Flippi würde sich bestimmt um den Hund kümmern. Da bin ich ganz sicher«, begann Oskar wieder.

»Glaubst du! Ich weiß genau, wie es sein wird: Zunächst wird sie versuchen den Hund zu dressieren, und wenn das nicht klappt, wird sie das Interesse an dem Tier verlieren. Danach sitzt der Hund alleine, unbeachtet unterm Küchentisch und jault mich an. Und ich werde dann diejenige sein, die sich um ihn kümmert. Der arme Kerl tut mir jetzt schon leid. Jeder Hund, der bei uns leben müsste, würde mir leidtun.«

»Na, also, nun übertreib doch nicht so. Ich wäre gerne Hund bei uns«, meinte Oskar.

Meine Mutter wurde langsam ungeduldig.

»Ja, genau!« rief sie. »Ich wünschte, du könntest mal Hund bei uns sein, dann würdest du wissen, wovon ich spreche!«

Oskar wollte gerade den Mund öffnen, um etwas zu sagen, da fiel ihm meine Mutter ins Wort: »Und bitte, sag jetzt gar nichts mehr.«

Um ihrer Bitte Nachdruck zu verleihen, nahm sie die Speisekarte, hielt sie dicht vor ihr Gesicht und vertiefte sich darin.

Oskar sagte nichts mehr.

Okay, das war wohl das Ende der Vorstellung. Ich wandte mich an Flippi, die inzwischen versuchte einem Fisch das Zahnstocherapportieren beizubringen.

»Also, das war's. Vergiss den Hund und lass uns endlich essen«, teilte ich ihr mit.

»Ich bin noch nicht fertig. Und Oskar sicher auch nicht«, knurrte sie und fuhr fort den kleinen Fisch zu ermutigen, das Stöckchen zu holen.

Ich hielt die Sache jedoch für erledigt und wollte zurück zum Tisch gehen, als meiner Mutter noch etwas einfiel: »Und außerdem: Was ist mit dem Hund, wenn wir in Urlaub fahren?«

Ich stoppte, um den zweiten Teil der Diskussion »Wir-wollen-keinen-Hund« mitzubekommen.

Meine Mutter legte die Speisekarte zur Seite und blickte auf, um Oskar triumphierend anzusehen. Doch da war niemand.

Kein Oskar.

»Oskar?«, fragte sie ins Leere. Sie schaute verwundert im Restaurant herum, beugte sich dann über den Tisch zu der Stelle, wo

Oskar eigentlich sitzen sollte – und schrie auf. Ich reckte mich und sah, dass meine Mutter geradewegs in die treuen braunen Augen eines Hundes blickte. Wo eben noch Oskar gesessen hatte, saß nun ein Hund. Ein struppiger kleiner Hund, der keiner Rasse eindeutig zuzuordnen war. Er saß auf dem Stuhl und reichte mit der Schnauze gerade über den Tisch.

Meine Mutter rückte ihren Stuhl entsetzt nach hinten.

Der Hund schnüffelte etwas auf dem Tisch herum und hielt bei dem zerbrochenen Glückskeks inne.

»Hey«, machte sie empört,

sprang auf und griff nach dem Keks.

Aber der Hund war schneller. Mit einer flinken Bewegung schnappte er sich den Keks. Nur der Zettel lag noch da.

»Ihr nächster Wunsch wird in Erfüllung gehen«, las meine Mutter noch einmal laut vor und dann wurde sie blass. »Oskar!«, rief sie erschüttert und blickte schuldbewusst auf den Hund. »Ich hab das doch nicht so gemeint, als ich gesagt habe: Ich wünschte, du könntest mal Hund bei uns sein.«

Wow, jetzt wurde es ja wirklich interessant.

Dann schüttelte sie den Kopf.

»So ein Unsinn! So was gibt's doch gar nicht!«, versuchte sie sich selbst zu beruhigen.

Sie schaute sich erneut suchend um. Kein Oskar weit und breit. Sie fixierte den Hund und ließ sich wie in Trance auf ihren Stuhl zurücksinken.

Nach einer Weile lächelte sie den Hund zögernd an und fragte leise und zärtlich: »Oskar?«

Der Hund sprang vom Stuhl, lief um den Tisch herum und hüpfte mit einem Satz auf ihren Schoß.

Sie riss die Augen entsetzt auf. Das konnte doch unmöglich wahr sein?!

Als der Hund anfing ihr das Gesicht zu lecken, muss das für sie wohl der endgültige Beweis gewesen sein: »Ich habe Oskar in einen Hund verwandelt. Oh, dieser blöde Glückskeksspruch!«, stöhnte sie verzweifelt.

Sie herzte den Hund und flüsterte ihm tausend Entschuldigungen ins Ohr.

Sie nahm seinen Kopf in beide Hände und schaute ihm tief in die Augen: »Oh Oskar! Was soll ich bloß machen?«

Der Hund schaute eine kurze Weile zurück, dann schüttelte er sich und schnüffelte wieder auf dem Tisch herum.

Ihr nächster Wunsch wird in Erfüllung gehen. Sie starrte auf den Zettel.

Dann blickte sie den Hund an und plötzlich hatte sie eine Idee.

»Genau, das ist die Lösung: Neuer Keks – neuer Wunsch! Ich verwandele dich zurück«, versprach sie.

Der Hund bellte kurz, sie tätschelte ihn und meinte: »Braver Hund.«

Erschrocken korrigierte sie sich: »Entschuldige, Oskar. So hab ich das nicht gemeint.«

Schnell öffnete sie den zweiten Keks. »*Ihre Weisheit wird zur richtigen Entscheidung führen.* Das hilft ja wohl nicht weiter. Oder doch?« Sie wurde hektisch. »Ich brauche mehr Glückskekse!«

Der Hund bellte kurz, sprang von ihrem Schoß und lief in Richtung Theke.

Meine Mutter wollte den Hund gerade zurückrufen, da fiel ihr Blick auf das Glas mit den Glückskeksen auf der Theke. Sie sprang auf und lief hinter dem Hund her.

Der Hund schaute nach oben zur Theke, meine Mutter nahm ihn hoch, setzte ihn auf einen Barhocker, tätschelte ihn und sagte: »Braver Hund.«

Erschrocken korrigierte sie

sich: »Entschuldige, Oskar. So hab ich das nicht gemeint.«

Ich folgte ihr in einigem Abstand. Bereit einzugreifen, wenn es nötig war. Oder auch fluchtartig den Raum zu verlassen, wenn das nötiger wurde.

Meine Mutter nahm jetzt kaum noch etwas um sich herum wahr. Ungeniert, aber mit zitternder Hand griff sie in das Glas und holte eine Handvoll Kekse heraus. Sie begann fiebernd die Kekse aufzubrechen und die darin enthaltenen Zettel dem Hund laut vorzulesen.

»*Hüte dich vor dem Huhn im Schafspelz. Der Frosch springt so lange, bis er müde wird. Ein Hamster im Haus erspart die Maus. Traue keinem Pinguin, der eine Schwimmweste trägt. Wecke niemals einen schnarchenden Hund.«*

Sie stöhnte auf und wurde immer panischer. Den Zettel mit dem schnarchenden Hund legte sie aber sicherheitshalber zur Seite.

Der Kellner schaute meiner Mutter mit wachsendem Erstaunen zu. Dann schlich er sich davon und kehrte eine Minute später mit dem Besitzer des Restaurants, einem kleinen Chinesen, zurück und deutete wortlos auf sie. Der Chinese nickte und trat langsam und ruhig neben sie. Immer hektischer öffnete sie Keks um Keks. Inzwischen war schon ein kleiner Berg mit zerbrochenen Keksen und aussortierten Sprüchen vor ihr auf der Theke angehäuft, der mit jeder Zehntelsekunde größer wurde. Allerdings bemühte sich der Hund redlich, den Berg der zerbrochenen Kekse nicht zu groß werden zu lassen. Vom Barhocker aus streckte er seinen Kopf hinauf und futterte munter die Keksreste.

Der kleine Chinese räusperte sich. Es schien, als hätte er kaum den Mut, diese merkwürdige Frau anzusprechen.

»Sie mögen unsele Kekse?«, fragte er schließlich freundlich.

Der Hund bellte kurz, meine Mutter reagierte nicht und zerbrach die Kekse immer schneller.

Mit jedem Spruch, den sie las, wurde sie ärgerlicher.

»Kekse blingen Glück!«, versuchte der Besitzer des Restaurants das Gespräch in Gang zu bringen.

»Ach! Von wegen!«, fauchte sie ihn ärgerlich an. Sie setzte den Hund auf den Boden, nahm selbst auf dem Barhocker Platz und wühlte weiter in den Keksen.

Der Chinese zuckte zusammen und schwieg betroffen.

»Alles klar? Ich hab jetzt

Hunger.« Flippi erschien plötzlich hinter ihr.

Meine Mutter drehte sich erschrocken zu Flippi.

Flippi entdeckte den Hund.

»Wow, also das ging ja schnell. Ganz niedlich. Macht aber einen etwas treudoofen Eindruck.«

»Also, wie redest du denn über Os…« Meine Mutter konnte sich gerade noch bremsen.

»Wem gehört denn der Hund?«, erkundigte sich Flippi.

Sie starrte Flippi ratlos an. »Äh … ehm, also … der Hund ist …«

Nun sah der Restaurantbesitzer den Hund.

»Entschuldigung«, rief er eilfertig. »Bösel Hund, ich blinge laus!«

»Nein!«, rief meine Mutter panisch. Sie hatte wohl Angst, Oskar zu verlieren. Und ohne weiter nachzudenken, sagte sie: »Das ist mein, äh … Hund. Mein Hund. Unser Hund«, korrigierte sie sich noch einmal.

Der Chinese fuhr verblüfft zurück.

»Mami!«, jubelte Flippi begeistert und fiel ihr um den Hals. »Ich wusste es! Tausend Dank. Ich werd mich auch ganz bestimmt um ihn kümmern.«

Flippi ließ sich auf die Knie

nieder und untersuchte den Hund stürmisch.

»Tu ihm nicht weh!«, rief meine Mutter entsetzt und machte ein unglückliches Gesicht.

»Ist ja irre. Ich hätte nie gedacht, dass Oskar es schafft, dich zu überreden!«, wandte sich Flippi an meine Mutter, die immer unglücklicher dreinschaute. »Wo ist er überhaupt?«

Meine Mutter schaute Flippi ratlos an. Das war die Frage, vor der sie sich gefürchtet hatte.

»Du musst jetzt sehr tapfer sein«, begann sie und musste heftig schlucken. »Ich hab es wirklich nicht mit Absicht getan. Es war ein Unfall.« Sie konnte nicht weitersprechen, ihre Stimme versagte.

»Alles in Ordnung, Mami?«, erkundigte sich Flippi und stand auf. »Du siehst ziemlich blass aus.«

Meine Mutter schluckte, holte tief Luft.

»Oskar ist ... leider ...«, wand sie sich und brach ab.

Sie versuchte es anders. »Du wolltest doch schon immer einen Hund ...«, begann sie. Aber auch das führte nicht weiter.

Ihr flehentlicher Blick fiel auf den kleinen Chinesen.

Er bot erneut an: »Ich blinge Hund laus?«

»Nein!«, rief meine Mutter entsetzt, hüpfte vom Barhocker und warf sich schützend über den Hund.

Während sie auf dem Boden kniete, beide Arme um den Hals des Hundes geschlungen, fiel ihr Blick auf ein paar Schuhe und Hosenbeine, die ihr bekannt vorkamen. Als sie langsam hochschaute, erkannte sie Oskar.

Ungläubig riss sie die Augen auf und dann strahlte sie vor Glück.

»Oskar!«, jubelte sie und fiel mit dem Hund im Arm Oskar dankbar um den Hals. »Oh mein Gott, ich bin so froh, dass ich dich wiederhabe.«

Oskar war sichtlich verwirrt. »Aber ich war doch nur kurz weg«, stammelte er und tätschelte ihr verlegen den Rücken.

Jetzt gesellte auch ich mich wieder zu den anderen.

Oskar schaute Flippi und mich Hilfe suchend an. »Was ist denn los?«

Wir zuckten die Schultern. Ich musste allerdings ein wenig grinsen.

Meine Mutter konnte sich kaum beruhigen, immer wieder küsste sie Oskar. »Es tut mir alles so leid.«

Dann schaute sie auf den Hund, schaute Oskar an, schaute wieder auf den Hund und wieder zu Oskar. Das wiederholte sie einige Male, bis ihr klar wurde, dass hier offensichtlich ein Missverständnis vorgelegen hatte.

Sie war empört. »Wo warst du?«, zischte sie Oskar an und trat einen Schritt zurück.

Schuldbewusst sagte Oskar: »Auf der Toilette.«

»Na klasse! Dann sag gefälligst vorher Bescheid! Und ich hatte gedacht, du ...« Schnell hielt sie inne, denn mit einem Mal war ihr klar, dass es ihr kaum möglich sein würde, zu erklären, was sie gedacht hatte.

»Du hattest gesagt, ich solle

nichts mehr sagen!«, verteidigte sich Oskar.

»Ja! Aber damit meinte ich natürlich nichts mehr über den Hund!«, rief sie verärgert und hielt den Hund demonstrativ in die Höhe.

Der kleine Chinese war nun überzeugt davon, dass der Hund Stein des Anstoßes war. Er wollte den Streit beilegen, deshalb streckte er die Arme nach dem Tier aus und erklärte: »Hund ist uns zugelaufen, ist hellenlos. Ich blinge molgen in Tielheim.«

»Nein!«, rief meine Mutter empört, drehte sich schnell von dem

Chinesen weg und drückte den Hund fest an sich.

Dann fiel ihr wieder ein, dass der Hund ja nun doch nicht Oskar war. Also gab es gar keinen Grund mehr, ihn zu retten. Sie hielt dem kleinen Chinesen den Hund entgegen. Doch der verbeugte sich nun eingeschüchtert und entschuldigend vor ihr und bot unterwürfig an: »Sie können Hund haben. Geschenk vom mil fül tleue Kunden.«

»Ich kann doch hier nicht mit einem wildfremden Hund sitzen«, mokierte sich meine Mutter.

»Oh, Sie nicht müssen sitzen hiel mit Hund. Ich Ihnen packen ein Essen. Sie können sitzen bequem zu Hause mit wildflemde Hund und essen«, sagte der kleine Chinese eifrig, da er eine Chance auf einen etwas ruhigeren Abend sah.

»Isolde, was ist denn hier los?«, fragte Oskar nun fast schon verzweifelt.

Sie schaute auf den Hund in ihren Armen. »Ich befürchte, wir haben einen Hund.«

»Ich geben Labatt auf Essen außel Haus«, mischte sich der Restaurantbesitzer hoffnungsvoll wieder ein.

Er wurde weiterhin ignoriert.

Oskar öffnete den Mund, um

etwas zu sagen, aber er brachte keinen Ton raus.

Ein kleines Mädchen kam in das Restaurant, sah sich suchend um und stürzte dann auf den Hund zu. »Da bist du ja. Ich hab dir schon so oft gesagt, du sollst nicht weglaufen.« Sie nahm meiner Mutter den Hund aus den Armen, herzte und küsste ihn.

»Hey, was machst du mit meinem Hund?!« Flippi baute sich kampfbereit vor den beiden auf.

»Wieso dein Hund?« Das Mädchen schaute Flippi verblüfft an.

»Der gehört mir«, beharrte Flippi.

Das Mädchen drehte sich

ängstlich mit dem Hund von Flippi weg.

Meine Mutter schnappte sich Flippi, zog sie ein wenig zurück und sagte: »Flippi, das war ein Missverständnis. Das ist nicht dein Hund, du hörst doch, der Hund ist dem Mädchen weggelaufen.«

»Du hast aber gesagt, das sei unser Hund!«, stellte Flippi klar.

Meine Mutter guckte zerknirscht. »Ich hab mich geirrt.«

Flippi änderte ihre Taktik, sie trat auf das Mädchen zu und lächelte. »Schon mal drüber nachgedacht, eine Schneckenzucht zu starten?«

»Iiih, nein.«

Flippi ließ sich nicht aus dem Konzept bringen. »Ich könnte dir dabei behilflich sein. Ich geb dir drei Schnecken für den Hund«, versuchte Flippi zu verhandeln. »Schnecken sind die Haustiere der Zukunft.«

Das Mädchen schien allerdings nicht interessiert. Sie trat einen Schritt zurück, drückte ihren Hund fester an sich und schüttelte nur stumm den Kopf.

»Okay, vier«, erhöhte Flippi.

Das Mädchen sah meine Mutter Hilfe suchend an.

Meine Mutter trat zwischen die beiden, schob das Mädchen

in Richtung Tür. »Du solltest dann mal nach Hause gehen mit deinem Hund.«

»Danke, dass Sie ihn gefunden haben«, sagte das Mädchen und lächelte meine Mutter dankbar an.

»Gern geschehen«, lächelte die zurück. Sie streckte die Hand aus, um den Hund noch mal zu streicheln. »Wie heißt er denn?«

»Oskar!«, antwortete das Mädchen.

Meine Mutter zog ihre Hand zurück, als hätte sie sich gerade verbrannt.

Das Mädchen und der Hund zogen davon.

Flippi ging in Angriffshaltung. »Na toll!«, fauchte sie meine Mutter an. »Erst krieg ich einen Hund, dann verschenkst du ihn an ein wildfremdes Mädchen, das einfach so hereinspaziert und behauptet, der gehöre ihr. Glaub bloß nicht, dass ich aufgebe! Wir sind noch lange nicht durch mit diesem Thema.«

Meine Mutter seufzte und murmelte: »Das befürchte ich auch.«

»Ich glaube, wir essen jetzt mal endlich was«, schlug Oskar vor und sah den kleinen Chinesen fragend an.

Der gab seine Bemühungen,

uns loszuwerden, auf, seufzte, führte uns wieder zurück zu unserem Tisch und sagte mit einer kleinen Verbeugung: »Ja, ja, Essen ist feltig: Familien-Gück.«

Und mit Blick auf den Berg zerbrochener Glückskekse, die auf der Theke lagen, fügte er fast ängstlich in Richtung meiner Mutter hinzu: »Und ich blinge gleich neue Glückskekse fül Sie.«

»Und am besten auch gleich noch einen neuen Hund!«, schmollte Flippi.

Sabine Both

Liebes Christkind!

Christkind, ja, du schmollst, ich weiß,
Wegen der Sache mit dem Beweis.
Hör zu! Das tut mir schrecklich leid,
Das war zu meiner Zweifelzeit.
So ist das halt beim Pubertieren,
Da kann man leicht den Kopf verlieren.
Ich hab getönt: Jetzt bin ich groß,
An Heiligabend ist nichts los.
Dass das Gefreue und Gesinge
Mir nicht mehr das Geringste bringe.
Dass sogar Printen mir nicht schmecken
Und der Konsum in allen Ecken
Bringt in die Sache deutlich Licht:

Das Christkind? Nein, das gibt es nicht!
Versteh! Ich musste das behaupten,
Weil plötzlich alle nicht mehr glaubten.
Die ganze Klasse war sich sicher,
Jetzt denk doch nur an das Gekicher,
Wenn ich allein hätt drauf bestanden,
Dass Schlitten auf der Erde landen.
Dann wär ich doch das schwarze Schaf,
Dem jeder Vögel zeigen darf,
Für alle Zeiten ganz allein,
Kann das in deinem Sinne sein?
Komm, bitte, sei nicht länger sauer.
Heut weiß ich es doch viel genauer,
Es gibt dich hundertpro im Himmel,
Mit Flügeln, Goldhaar und Gebimmel,
Wichtel, Elfen, ein fliegendes Ren
Hab ich mit eigenen Augen gesehn.
Ich glaub fast alles, wenn du mir vergibst

Und meinen Brief nach oben schiebst.
Denn diesmal ist es wirklich wichtig
Und selbst aus Christkindwarte richtig.
Es kostet dich weder Zeit noch Geld,
Nur 'nen kleinen Wink ins Himmelszelt.
Ich spiel sogar Flöte und guck ganz beglückt,
Wenn Oma mich wieder mit Socken bestückt.
Ich esse mehr Printen als Onkel Hans,
Zerschnipple am Tisch die eklige Gans.
Ich backe Stollen, bin brav wie ein Lamm,
Du kriegst das komplette Weihnachtsprogramm,
Wenn es zum Lohn nur das eine gibt:
Dass Timo mich mehr als Lisa liebt.

Irene Zimmermann

Engelchen oder Bengelchen

»Liebe Annick«, lese ich auf meinem Handy, »Weihnachtsparty nicht vergessen. Samstag, ab 18.00 Uhr, Dein Lukas.«

Ich könnte platzen vor Stolz. Zwar ist die Einladung reichlich spät gekommen – es ist immerhin schon Freitagabend –, aber sie ist gekommen, das allein zählt. Und natürlich die Tatsache, dass mit Lukas wieder alles in Ordnung zu sein scheint.

»Bist du sicher, dass er diese

blöde Lena nicht auch eingeladen hat?«, fragt meine Freundin Marlen, als ich ihr am Telefon von der SMS erzähle. »Die letzten paar Tage hat es wirklich so ausgesehen, als ob das zwischen ihr und Luke was Festes wird.«

Ich schlucke und lache dann ganz laut. Hoffentlich merkt Marlen nicht, wie falsch mein Lachen klingt. Klar, alle haben mitgekriegt, dass Luke was mit Lena hatte. Und sich außerdem noch für Evi interessiert!

»Ich versteh wirklich nicht, warum du ihm nicht endlich den Laufpass gibst«, unterbricht Marlen diese blöden Gedanken.

»Luke hat dich überhaupt nicht verdient. Da fällt mir ein: Was ist denn mit Oliver? Der ist doch echt lieb, findest du nicht? Ich kann mich jedenfalls an eine Zeit erinnern, da warst du total …«

»Ich bin nun mal eben in Lukas verliebt«, falle ich ihr ins Wort.

An Oliver will ich gar nicht mehr denken. Mindestens ein Vierteljahr war ich verliebt in ihn, hab ihn aus der Ferne angehimmelt, und als dann endlich die Gelegenheit da war, ihn näher kennenzulernen, hab ich alles verpatzt.

Und mittlerweile bin ich mit

dem umschwärmten Lukas zusammen. Bloß: Inzwischen scheint er sich mehr für Lena zu interessieren.

Marlen gibt nicht auf. »Weißt du, ich bin immer noch der Meinung, dass Oliver viel netter ist als Lukas«, sagt sie. »Findest du nicht, dass du …«

»Ihr versteht das alle nicht«, falle ich ihr ins Wort, »Lukas ist in Wirklichkeit viel netter, als man denkt. Schließlich kann er absolut nichts dafür, dass alle Mädchen auf ihn fliegen«, verteidige ich ihn. »Und nie wieder ein Wort über Oliver, hast du gehört?«, füge ich hinzu.

»Na ja, ich hab ja nur gemeint«, lenkt Marlen ein, und dann reden wir über die Weihnachtsparty, bis Mama mit meiner kleinen Schwester nach Hause kommt.

»Ich darf den Engel spielen, den wichtigsten Engel!«, ruft sie laut durch den Flur.

»Lisa, siehst du nicht, dass ich telefoniere«, schimpfe ich, aber meine Schwester ist nicht zu bremsen.

»Du warst immer nur das Schäfchen, aber ich bin jetzt der Engel«, triumphiert sie und macht mir dabei eine lange Nase.

»Lisas Kindergarten führt morgen im Gemeindesaal ein Krippenspiel auf«, erkläre ich meiner Freundin. »Und jetzt dreht sie völlig durch.«

Das ist noch steigerungsfähig, stelle ich fest, als Lisa schließlich anfängt Weihnachtslieder zu singen.

»Pst, Lisa«, macht Mama, »unter uns wohnen auch noch Leute. Du kannst morgen den ganzen Abend lang singen, vielleicht schonst du jetzt besser deine Stimme. Außerdem gibt es gleich Abendessen.«

Ich hab mir Lukas' SMS noch mal angesehen und beschließe, allerbester Laune zu sein. Mit ihm ist alles wieder in Ordnung, wir gehören einfach zusammen.

Nicht mal Lisas ewige Fragerei beim Abendessen: »Was bringt mir das Christkind dieses Jahr?«, geht mir auf den Geist.

Erst als das Telefon klingelt und Mama in die Diele rennt, zische ich Lisa zu, dass sie kein einziges Geschenk zu Weihnachten bekommt, wenn sie weiter so nervt.

Lisa ist leider nicht zu beeindrucken. Sie streckt mir die Zunge raus und meint, ich hätte ja keine Ahnung.

Ich lächle bloß. Mir ist nämlich eingefallen, dass Weihnachten eigentlich eine hervorragende

Gelegenheit ist, allen zu zeigen, dass Lukas und ich zusammengehören. Irgendwie muss ich ihm klarmachen, dass ich mir von ihm einen Freundschaftsring wünsche.

»Ihr habt doch keinen Streit?«, fragt Mama, als sie ihr Telefonat beendet hat. »Annick, ich brauche deine Hilfe. Morgen Abend muss ich leider arbeiten. Du musst mich vertreten. Frau Oberpichler hat gerade angerufen und …«

Der Rest geht in unserem Protest unter. Lisa heult und ich schimpfe, dass ich garantiert nicht zum Krippenspiel gehe. Ich gehe zu Lukas' Fete und sonst nirgendwohin!

Irgendwie gelingt es Mama, Lisa zu beruhigen und ins Bett zu bringen. Dann kommt sie ins Wohnzimmer und lässt sich erschöpft aufs Sofa fallen.

»Ich denke, Weihnachten ist das Fest der Liebe!« Mama sieht mich an.

Einen Moment lang tut sie mir wirklich leid, aber ich kann nicht nachgeben. Ich muss zu Lukas' Weihnachtsparty!

»Kann nicht irgendeine Freundin von dir?«, frage ich vorsichtig. »Conni, zum Beispiel. Sie war doch auch im Sommer mit Lisa im Zoo und …«

»Es handelt sich um eine

Weihnachtsfeier«, unterbricht Mama mich. »Alle Kinder sind mit ihren Eltern da. Was meinst du, wie Lisa sich fühlt, wenn niemand von unserer Familie dabei ist?«

Ich sage gar nichts mehr. Mir würde sowieso jeder Vorschlag als herzlos ausgelegt werden.

»Annick, du bist ein vernünftiges Mädchen, ich kann mich auf dich verlassen, dass du zum Krippenspiel gehst, ja?«, sagt Mama und dann gibt sie mir wie früher einen Gute-Nacht-Kuss.

Ich nicke. Mir ist nämlich inzwischen eingefallen, wie ich vorgehen werde.

Um fünf Uhr am nächsten Nachmittag muss Mama los. Sie hat Lisa geholfen, das Engelskostüm anzuziehen, hat ihr Goldpuder ins Haar gestreut und die Engelsflügel vorsichtig in einer großen Plastiktüte verpackt.

»Vergesst bloß die Flügel nicht«, sagt sie und dann nimmt sie Lisa in den Arm und verspricht ihr, nächstes Jahr auf alle Fälle das Krippenspiel anzuschauen, komme, was wolle.

»Annick ist doch dabei, mein Schatz«, tröstet sie, als Lisa in Tränen ausbricht, und dann muss sie schon los, weil ihre Kollegin unten auf der Straße laut hupt.

Lisa schaut mir zu, wie ich mich schminke. »Du siehst schön aus«, sagt sie, als wir Viertel vor sechs das Haus verlassen. »Hast du dich extra für mein Krippenspiel so schön gemacht?«

Sie nimmt meine Hand und schaut mich bewundernd an. Mist, ich kriege ein richtig schlechtes Gewissen, aber dann merke ich, dass wir die Engelsflügel vergessen haben, und ich renne schnell wieder zurück.

Der Gemeindesaal ist weihnachtlich geschmückt, jede Menge Leute drängen sich vor der Tür und ich schiebe Lisa schnell rein.

Sie schaut sich nach mir um und ich rufe laut: »Ich komme gleich.«

Bis kurz nach halb acht soll die Feier gehen, erfahre ich von einer jungen Frau mit einem Baby auf dem Arm. »Hoffentlich hält der Kleine das durch, ich will ...«, meint sie, aber ich habe mich schon abgewendet. Wenn ich jetzt losrenne, schaffe ich es noch pünktlich zur Weihnachtsparty von Lukas.

Es beginnt zu schneien, ganz leicht nur, aber der Schnee bleibt liegen. Viertel nach sieben, so habe ich mir ausgerechnet, werde ich unter irgendeinem Vorwand kurz verschwinden, Lisa abholen, nach Hause bringen und dann wieder bei Lukas auftauchen. Lisa kriegt garantiert nicht mal mit, dass ich nicht bei ihrem Krippenspiel war. Solche Veranstaltungen laufen doch immer nach dem gleichen Muster ab – was bringt es meiner Schwester also, wenn ich dabei bin? Bei den vielen Leuten sieht sie mich sowieso nicht, beruhige ich mein schlechtes Gewissen.

Viel wichtiger ist es, dass Lukas mich sieht. Und all die anderen Mädchen aus meiner Klasse, die ihn auch toll finden und bloß darauf warten, dass es mit uns auseinandergeht. Von wegen! Alle sollen sehen, dass Lukas und ich zusammen sind!

Du siehst schön aus, hat Lisa beim Weggehen zu mir gesagt. Und mich dabei mit ganz großen Augen angesehen, so, als sei ich ihr Vorbild. Plötzlich merke ich, wie mir die Tränen kommen. Lisa ist noch so klein und sie vertraut mir und ...

Ich bin vor Lukas' Haus angekommen. Durch ein geöffnetes Fenster höre ich laute Musik und schrilles Lachen. Die Stimmung scheint ja super zu sein.

»Hi«, rufe ich, als ich die Wohnung betrete. Die Haustür war nur angelehnt, ich entdecke ein paar Mädchen aus meiner Klasse in der Küche, winke und gehe dann ins Wohnzimmer. Lukas sehe ich auf einem Sessel sitzen, er wendet mir den Rücken zu. Ich nähere mich ihm auf Zehenspitzen, will ihn überraschen.

»Rate mal, wer ich bin«, sage ich mit verstellter Stimme und halte ihm mit beiden Händen die Augen zu.

Lukas lacht. »Das bist du, mein Schatz. Und wenn du willst, dann kannst du mich jetzt küssen, Lena. Aber pass bloß auf, dass dich keine von Annicks Freundinnen sieht! Die bildet sich nämlich immer noch ein, dass sie was mit mir hat.«

Ich nehme die Hände weg, stehe einen Moment stocksteif da, Lukas dreht sich um, erkennt mich, will etwas sagen, aber da drehe ich mich auch schon um und renne aus der Wohnung.

Irgendjemand ruft: »Eh, warte doch mal«, aber ich laufe einfach weiter, durch das Schneegestöber, bis ich irgendwann am Gemeindesaal ankomme. Komischerweise bin ich überhaupt nicht traurig, im Gegenteil. Lukas war ein riesiger Irrtum; er hat es mir ja selber bewiesen.

Das Weihnachtsspiel hat gerade angefangen, als ich mich in die letzte Reihe quetsche.

Von hier aus kann ich die Bühne kaum sehen, vor allem, weil die Frau vor mir einen riesigen Hut aufhat. Ich lehne mich leicht nach rechts – ein bisschen was will ich von Lisa, die gerade ein Lied singt, schon sehen, da tippt mir jemand auf die Schulter.

»Auf der Galerie ist es total leer«, flüstert Oliver. »Kommst du mit?«

Ich habe keine Zeit, in Ohnmacht zu fallen. Irgendwie schaffe ich es, hinter Oliver her nach oben zu rennen, wo tatsächlich kein Mensch ist. Auf der Bühne steht meine kleine Schwester und singt, so anrührend, dass mir schon wieder die Tränen kommen.

Oliver steht neben mir und irgendwie ist es das Normalste der Welt, dass ich meinen Kopf an seine Schulter lehne. Er lächelt mich an, so vertraut, als seien wir schon seit hundert Jahren zusammen. Von mir aus kann das Krippenspiel eine Ewigkeit dauern.

Seine Mutter sei Erzieherin, erzählt er mir leise. Manchmal würde er im Kindergarten aushelfen, zum Beispiel jetzt beim Krippenspiel.

»Und du? Bist du auch öfter hier?«, fragt er mich.

»Ich hole meine kleine Schwester jeden Tag aus dem Kindergarten ab«, sage ich schnell. »Meine Mutter muss nämlich arbeiten und hat keine Zeit.« – Stimmt zwar nicht ganz, aber Mama freut sich bestimmt, wenn ich Lisa in Zukunft abhole.

»Ich muss jetzt runter und helfen«, sagt Oliver, als auf der Bühne der Vorhang fällt. »Sehen wir uns morgen ganz bestimmt?«

Er steht vor mir und sieht ein bisschen verlegen aus.

»Ja«, sage ich. »Wir sehen uns morgen.«

Immer noch stehen wir zwei uns gegenüber.

Irgendjemand ruft von unten: »Oliver, kannst du helfen?«, aber er bleibt stehen und wir sehen einander an. Ich wünsche mir so sehr, dass er mich in den Arm nimmt und küsst!

»Oliver, wo bist du? Wir brauchen dich!«, ruft schon wieder jemand.

»Also, komm«, sage ich. »Ich muss auch zu meiner Schwester, sonst … Autsch!«

Mit dem Absatz meines Stiefels bin ich an einer Schwelle hängen geblieben und merke, wie ich das Gleichgewicht verliere. Mit einem

Schritt ist Oliver neben mir und hält mich fest.

Ich kuschle mich in seinen Arm, und als er mich anschaut, küsse ich ihn zärtlich.

Auf dem Heimweg ist Lisa total aufgedreht. Immer wieder muss ich ihr sagen, wie schön das Krippenspiel war und wie toll sie gesungen hat.

»Ich sing dir noch mal vor«, ruft sie und ich nicke.

Kurz vor unserer Haustür bekomme ich eine SMS.

»Wo bleibst du denn?«, schreibt meine Freundin Marlen. »Luke ist mal wieder unmöglich.

Er macht dauernd mit Lena rum. Soll ich was unternehmen oder kommst du noch???«

Ich schalte das Handy einfach aus.

»Du bist jetzt noch viel, viel schöner als vorhin«, flüstert Lisa und nimmt meine Hand.

Ich lächle sie an. »Das liegt nur daran, dass ich so glücklich bin … und weil du so ein wunderschöner Engel warst.«

Hortense Ullrich

Wie riecht Weihnachten?

Nach Plätzchen von Oma
Mit Weihnachtsaroma.

Nach Lebkuchenherzen
Und Bienenwachskerzen.

Nach Räuchermännchen
Und kleinen Tännchen.

Und wenn alles stimmt,
Dann riecht's auch nach Zimt.

Und was ich mir wünsche,
das ist gar nicht teuer,
Du kochst mir Kakao,
im Kamin brennt das Feuer.

Du erzählst mir Geschichten,
von Liebe und Glück,
Gibst mir einen Kuss –
ich geb ihn zurück.

Both, Sabine/Ullrich, Hortense/
Zimmermann, Irene:
Engel, Bengel, Weihnachtsliebe
ISBN 978 3 522 50128 6

Reihen- und Einbandgestaltung:
Birgit Schössow
Schrift: Stone Serif und Tapeside
Satz: KCS GmbH, Buchholz/Hamburg
Reproduktion: Medienfabrik, Stuttgart
Druck und Bindung: Friedrich Pustet,
Regensburg
Erstveröffentlichung aller Beiträge in
der Anthologie »Freche Mädchen – freche
Adventsgeschichten« 2008

Printed in Germany.

5 4 3 2 1° 09 10 11 12

www.thienemann.de
www.frechemaedchen.de